KB109085

자막과 입을 맞추는 영혼

민음의 시 302

자막과 입을 맞추는 영혼

김준현 시집

민음사

자서(自序)

이것은 싱크로율을 맞추는 작업
이것은 명도와 채도를 맞추는 작업
이것은 눈부신 작업
고원에서 사슴 탈을 쓰고 춤을 추는 것처럼
조용하고 사랑스러운 작업

2022년 10월
김준현

차 례

1부 태양을 똑바로 본다

2부 노래졌다는 말이 좋았다

3부 0.28 내 영혼의 가늘기

4부 계속 새 꽃을 두는 마음

1부

태양을 똑바로 본다

힘

사람이 참 얄팍하다고 할 때 나는 종이를 생각한다. 뾰족한 펜의 끝을 생각한다. 그 끝에서부터 노랗게 말라 가는 식물의 잎과 떨림을 생각한다. 핏기가 빠진 세 손가락 끝의 노랑을 생각한다. 노랑은 왜 잠깐인지 차량 신호등이 멈칫하는 호흡인지 안전선인지 더는 발끝을 내밀 수 없는 곳인지 생각한다. 그런 곳마다 피는 민들레를 생각한다. 어둠을 움켜쥔 악력을 생각한다. 철봉에서 나는 피 냄새를 생각한다. 내 온몸이 그 가는 선에 매달려 있었음을 생각한다. 흰 머리카락을 생각한다. 민들레의 최후가 풍장(風葬)임을 생각한다. 바람의 힘을 생각한다. 블라디보스토크에서는 11월부터 바다가 얼어붙는다는 것을, 텅 빈 눈을 생각한다. 그곳을 걷는 사람들을 생각한다. 먼 곳에서 보는 그들을 알 수 없는 글자라고 생각한다. 뜻이 없고 문법에도 맞지 않아서 슬프다고 생각한다. 글자들이 점점 작아지는 것을 노화라고 생각한다. 눈살을 찌푸리고 안경을 코에 걸치는 것을 늙음이라고 생각한다. 콧등에 진 주름을 얼음에 간 금이라고 생각한다. 곧 깨질 거라고 생각한다. 그럴 때는 사람이 참 얄팍하다고 생각한다.

커피와 영혼

커피에 든 내 영혼을 빨대로 마셨다
카페인이 지나치다
이 호흡은 커피를 위해 쓸 것이다
지난번에는 풍선을 위해 썼는데
아까웠다
며칠 동안 풍선의 노화가 진행되었지
쭈그렁망탱이가 되었지
삶이 다했네
얼굴이 다했네
볼이 홀쭉해지도록 빨대로 영혼을
남은 영혼을
누워서 보내는 사람에게 살 만큼 살았다는 악담을
하는 느낌이랄까?
빨대 말고 주사라면 어떨까?
주삿바늘은 늘 깊은 데까지 슬프고
피의 길목에서 의지할 수 있는 균인지 나그네인지
거기에 세워 둘 수 있을까?
의대를 나와 의사가 되면 일상처럼 하는 일인데
의대를 나오려면 영혼을 얼마나

마셔야 하는지, 밤은 커피 향으로 가득하고
굳은 목을 풀며 올려다본 밤하늘
별자리는 아는 사람 눈에만 보이는 혈관 같을 거야
내 눈에는 빛
내 안경에는 빛
16개월 아기가 만진 안경 렌즈에 안개가 묻었다
닦으면 잘 보이겠지만 안경닦이가 없고
시력 0.1과 안갯속 세상 가운데 하나만 선택해야 하는
영혼의 이분법 어때?
잘 것인가 혹은 영화 「Soul」을 다 볼 것인가
이제 커피는 제 기력을 다했고
나는 자야겠지 우주복 내부의 산소량을 체크하고
숨을 깊이 들이쉬고
아침까지 무사하기를 빌며 굿나잇

매일 화성을 바라보기 시작한 너의 구조적 결함

내가 밝혀낸 너의 시 세계 및 구조는 다음과 같다

부추가 지쳐서 동맥이 비치는 만두피의 얇음
금이 가고 있는 봄의 바다
그곳에 있던 달팽이의 밟힘
양쪽으로 쫙 펼친 책 밑을 훑는 빛의 해맑음

너는 들킨 거다 그래 들켜 버렸네 왜 그토록 빛이 비치는 일에 집중했니?
카메라를 의식하지 않는 일은 의식적으로 해야지
저쪽을 보는 척 이쪽을 살아 있는 사람들의 공간을 억양이 센 중년의 여성들이 모여 김장을 하는 일이라거나 젓갈의 냄새라거나 개수대의 접시들처럼
울먹임이란 잘 노출되었다

카메라로 찍은 장면은 쉬워 너의 손가락 끝에서 한 장 한 장 밖으로 새어 나갔다
먹을 것, 먹을 것, 먹을 것들이 있다
사람이 있다 가장 아름다울 때의 사람이 있다 아니

난 사람이 비에 젖었을 때 가장 아름답다고 생각한다, 생각한다, 생각한다 — 버퍼링이다
심장에서 기계의 결함이 발견되었다

반복하는 말하기
아름다운 추억을 일본어로만 읽기
눈과 눈을 구별하지 못하고 내리는 눈에 시력을 주기
이걸 다 고쳐야 해
아니 내버려 둬, 베란다 사과 박스에 한쪽 다리로 서 있던 병아리도
사람의 이름을 가졌으니 인생 직접 살아 봐야 아는 거다

내버려 두자 알코올 도수가 높은 술을 마시기 시작한다
피가 탁해진 너는 밤하늘의 화성을 찾기 시작한다, 눈의 시력으로
"오늘 못 보면 15년 후에나 화성의 붉은빛을 볼 수 있다."
그것은 며칠 전에 읽은 신문 기사였다
수성도 금성도 목성도 빛뿐인 태양마저도 볼 수 있는 너의 시력이 있어

나는 이 페이지를 바람 부는 쪽에 내놓을 수 있다

어디를 보다가 이제 옴

연못 속에서 눈동자들이 태양을 똑바로 본다

11월에도 깨어나지 못하고 꼬리도 다리도 초록도 육지도 없이
빛이 있으라, 출렁이는
개구리알의 시력은 동그랗게 말린 온몸이다

더는 윤회하지 않는 삶을 위해 Ω 안에 들어가기
절에서 절하기
입술을 둥글게 말고 둥근 어둠으로부터 옴

너희들 어디를 보는 거니? 저 빛을 계속 보고 있으면 눈이 상한단다
내 눈동자는 저 연못 속에 있는 걸요, 엄마 말과
반대로 행동하는 청개구리

나 죽으면 물에 묻어 다오 — 유언이란 뒤집힌 청개구리의 흰 배 위로 들끓는 개미 떼처럼 까맣게 글씨로 뒤덮인 머리에서 싹이 날 조짐을

> 밀어내는 것, 불가에서는 머리카락을 무명초라고 부릅니다, 속가에서는

웨이브-글램 펌, 러블리 펌, 섀도 펌, 샤기 펌, 울프 펌, 루즈 펌, 댄디 펌, 호일 펌, 위빙 펌, 핀컬 펌, 레이어드 펌, 드라이 펌, 세팅 펌, 디지털 펌, 레인보우 펌, 아이롱 펌, 트위스트 펌, 믹스 펌, 보브 펌, 어쉬메트릭 펌, 롤링 펌, 보디 펌, 퍼지 펌, 롤 펌, 스파이럴 펌, 스프링 펌, 파도 펌, 리버스 펌, 발롱 펌, 물결 펌, 예수 펌

스트레이트 펌

미드나잇 블루, 밤비 브라운, 베이비 브라운, 피치 브라운, 아이스 코퍼, 애시 클래식 블루

똥 머리 혹은 올림 머리 같은 게

이토록 많은 이름과 잃음

머리카락이 무릎 꿇은 비처럼 내렸다

어떤 형태로 오든

이곳에서는 결국 둥글게 퍼져 나간 온몸을, 언못 속에서 울기

울음주머니 한 번 가져 본 적 없이 이대로 사장되는 눈동자들이 알까?

목과 젖을 떼는 심정으로

연을 끊어 팔다리가 다 사라진 채 그저 바라보았다 면벽

함께 같은 곳을 바라보았던 눈동자들아 안녕

꼬리를 내밀고 너희는 너희가 갈 곳으로 가라

초록을 얻고 눈을 얻고 먹을 수 있는 입을 얻어 입을 벌리지 않고도

울어라, 터질 때까지 부푸는 속으로 울어라

나는 바라보았다 참을 수 없을 때까지 바라보다가

물속으로 두 손을 넣었다 그러고 돌아옴 잘 먹고 잘 자며 잘 사는 곳으로 돌아옴

멍 때리기

절에서 본 스님들은 멍을 때리고 있다
파리 한 마리의 비행과 낙서처럼 어지러운 정신으로부터
멍을 때리고 있다

보랏빛 물감을 듬뿍 묻히고 물은 조금 묻혀서 둥글게 둥글게
소행성의 감정으로
멍을 때렸다, 왜 아픈 데를 다시 한번 난민들은 떠돌다가 여기에 정착한다
갈 데가 없었어요 내가 부르는 노래가
갈 데가 없는 것처럼 눈이 깊은 사람이 오렌지 껍질을 까고 있다
손톱에 이토록 향기가 밴 이유

내가 온 나라에는 모든 곳에 부처가 있습니다
나는 부처를 불상으로 바꾸어야 한다고 생각한다, 불쌍으로 바꾼다 해도
알 수 없는 사람들의 눈 나를 믿는 눈
그들의 눈이 갈 데가 없어서 멍을 때리고 있다, 피는 더

이동하지 않고 이제
　멈추려고 한다
　무릎이 원하는 만큼 월세를 내려고 한다

　약을 먹어야 잠이 든다면 약의 입장에서 사람의 몸은 머물러야 하는 역이다
　오스트리아에서는 걷는 난민들로 인해
　달리던 기차가 멈추었던 적이 있다, 한 시간 동안 그곳에서 100퍼센트 충전이 완료되었습니다
　바나나를 들고 있던 난민 가방에 누워 있던 난민 하여간에 많은 난민
　창문은 죽음처럼 부딪치고 천국처럼 열리지 파리는 믿음으로
　멍을 때리고 있었지 궤도를 이탈하지 않는다
　사람 키보다 큰 식물은 집 안에 들이면 안 된다, 약 상자를 깊은 데 두면 조상이 돕는다, 코끼리 두 마리의 조각상이 안방을 향해 코를 치켜세우면 좋다, 코끼리 옆에는 작은 물그릇 하나쯤 두면 좋다
　이놈의 믿음은 성별이 남성이어서 여성은

살을 가려야 했다

그들의 눈이 갈 데가 없게 만들어라 이제 눈만 남았으므로 나는 눈을 감는다

장밋빛 얼굴

화단에 장미가 많이 피어 있었다 오월은 오월이네
'압화'라는 단어를 최근에 알게 되었다 그 단어 때문에,
장미를 보자 마음이 드러나 버렸다

마음은 80, 90, 100도를 넘어 120도가 한계인 온도계,
열 받은 온도계에 갇힌 빨강의 포화 상태를
견뎌 내지 못해 터져 버렸다, 말이 마구 쏟아졌다
빨강이 얼마나 촌스러운지 아니? 빨강이 얼마나 위험한
색이었는지 알아? 빨갱이란 발음이 사람 목숨을 개미 목
숨으로
내 발에 무의도와 무작위로 밟힐 수 있는 개미 목숨으
로 만들었는지

장미는 몰랐다 장미는 흔들릴 뿐이었다 그러나
땡볕 여름이라도 혼잣말의 온도는 낮을 수밖에 없어서
나는 가라앉았다
행복한 결말은 아닌 게
장미를 뜯어 왔다는 거, 가시가 아닌 장미를 데려와서
결국 결과로 만들었다

장미계의 부검의가 있다면 이렇게 말했겠지
"이 그림자의 사인은 질식사입니다." 장미와 활자가 한 몸처럼 누워 있는 걸 볼 때
빛이 눈을 덮는 각도에서만
저 무테안경의 광합성이 보는 사람의 착각이라도 좋아, 빛이 나니까 음험한 눈 따위 안 보이고 빛이 나니까
오월은 오월, 오! 감탄하듯이 오월 O! 둥근 입으로
젊은이의 피부를 보며 찬탄하는 늙은이의 주름 앞에서 해맑은 얼굴로
이거 좋은 스킨인데 써 보시는 거 어때요? 달팽이의 점액질로 만들었다고 해요
skin에 바르는 스킨을 건네는 기분으로 오월의 장미를, 드러누운 장미를, 납작한 장미를

바람이 불어도 이제 흔들릴 줄 모르는 장미는
바람이 불어도 이제 비의 기운을 느낄 수 없는 장미는
칠월까지 그 모습 그대로 살아남았다
칠월 초부터는 본격적으로 비가 내리고 이후부터 무더워진다고 한다

> 비 온다, 비 오네, 친구에게 「언어의 정원」이란 영화가 온통 빗소리로 가득하다고

언제 한번 보라고 하고는 작업실을 나오는 길

우산을 폈다 우산살은 막을 팽팽하게 당겨야 음질이 살았다

꽃이 가득한 그 우산이 촌스러워서 낮게 썼던 내가 장밋빛 얼굴이었던 것은

장미 우산을 펼 때마다 쉽게 맺히는 땀 때문이었을까

비 동아리

"비를 감각하기 위해 할 수 있는 일들을 말해 볼까요?"
비 동아리의 일은 이런 것이구나, 아름다워

비가 오면 초록색 우산을 쓰고 나무처럼 호흡하기
비가 오는 시를 짓자: 이 시를 짓게 된 이유였지 바짓가랑이가 젖어 드는 느낌이 들고 우산의 끝이 땅 아니면 하늘을 가리키는 감정으로 나는

물이 울면 아무도 몰라
어항은 뒤집히고 싶은데
호흡기가 달려 있어

내버려 둬
물이 울면 아무도 몰라
울이 물면 아무도 몰라
우울은 비가 흐르는 데까지 흘러서
빈 곳이 가득해지는 곳, 그것을 밟은 바지가
흠뻑 젖어 거친 산맥을 이루는

얼룩이 되는 것

물이 울면 아무도 몰라

내가 알아

“운율이 아름답습니다, 라, 라, 라로 끝나는 부분이 노래 같습니다.”

일본에서 온 중년 여자가 말했다 말이 어쩜 저렇게 각이 질 수 있을까, 저런 각도로 오는 비라면 처마를 거쳐 머리카락을 빗질한 것처럼 규칙적인 띄어쓰기로 올 것 같았다 라, 라, 라, 춤을 추는 기분으로 우가 울이 될 때까지 라, 라, 라

보디랭귀지

새 어항의 실어증 — 물을 부으며 소리를 듣는 일이 첫 치료였다
로즈테일 오란다 홍백난주 벚꽃난주 빈금 진주린 밀크카우난주 켈리코난주 기린난주……
교배종은 이름부터 혼혈이었다

아버지의 피와 어머니의 피는 할아버지의 피와 할머니의 피로부터
종이 달라진 새끼를 알아볼까? 구피는 제가 방금 낳은 새끼를 한입에 꿀꺽 삼켰다 제가 방금 낳은 새끼가 속에 들어가면 마음이 될까요?

나는 물을 보며 멍하게 앉아 있다
저들의 움직임, 꼬리가 느리고 부드럽게 살랑거리는, 충돌이 없는
물에 눈길을 주었다, 눈길로는 누구도 무엇도 오갈 게 없어

가만히 찾은 게 있다

: 스위스에서는 금붕어를 한 마리만 키우면 위법으로 처벌받는다고 한다

취리히까지 가는 직항편이 있어 가는 날과 오는 날을, 성인 한 명을, 좌석을 체크하면서

스위스는 참 멋진 나라구나! 생각했다

스위스의 낡고 오래된 비즈니스호텔 의자에 앉아

법을 어기면서 고독해지는 존재를 앞에 둔 채 경찰이 들이닥치길 기다렸다

타인의 신고를 기다렸다

머리가 시커먼 이 남자의 어항에서 한마디도 밖으로 들리지 않는

203호 문 밖에서는 알아들을 수 없는 말이 한창이었다

이미 죽었어, 죽은 거 맞아

눈을 감지 않았다고 안 죽은 게 아니야 어서 건져 내라고

말하는 게 다 입 모양이었다 손짓과 발짓이었다

모두 영혼을 앞에 둔 자들이었다

보디랭귀지

이번엔 종이의 실어증을 고치기 위해 말이 되는 것만 썼다 하루에 여덟 페이지를 치료한 적도 있다 비(雨) 이야기만 하는 환자만 두 페이지였던 적도 있었다 "찢어 버리고 싶지 않았어?" "복사되기 전에 이미 삭제했어" 할 말이 없을 것처럼 보이는 종이도 막상 마주하면 할 말이 많았다 한 번 말을 하고 나면 그 말만 했다 인쇄되어 나온 것은 따뜻했으나 금방 식어 버려서 나는 두 손으로 온 힘으로 최대한 구겨서 던졌다 쌓이고 쌓였으나 저들로는 눈싸움도 할 수 없다 녹지도 않았다 일그러진 채 거기 그렇게 있었다 나 같은 사람에게 자신의 말하기를 부탁한 자들의 최후였다

금속성 음악

혼자가 많은 좌석입니다
볼륨은 60퍼센트입니다 더 줄일 마음입니다
단추와 단추의 간격은 일정합니다
띄어쓰기의 달인입니다

풍경은 천천히 바뀌고 태양은 할 수 있는 것을
다 하고 있습니다
낮에도 어두운 것은 병입니다

벽의 거친 면은 젊은 사람들이 남긴 스프레이의 흔적을
거칠게 깎은 수염이라고 봅니다
분홍색 괴물이 좋지 않은 피부를 갖고 있고
Советский навсегда*와 FUCK이 다른 종과 크기임
을 드러내고 있고
나는 해양 공원에 내립니다, 하, 바다다
몸에서 나오는 소리입니다

벤치 1에는 노부부가 앉아 손을 잡고 있습니다 지팡이
하나와

벤치 2에는 얼굴에 피어싱이 많은 남자와 그 남자의 허벅지에 앉은 남자가 있습니다. 입 움직이는 모양이 낯선데 그들은 자주 눈을 감는 일입니다
벤치 3은 비어 있습니다

한국어가 많이 들립니다 이곳은 한국어가 통하는 곳입니다
바람이 통하듯이 바다에서 바다의 냄새가
밀려들어 옵니다. 희고 깊고
좋은 날입니다
회전목마를 타고 싶은 날입니다
음악과 함께 낡은 말을 타고 싶은 날입니다
타러 갑니다

이것이 공전의 즐거움
칠이 벗겨진 말이 한 바퀴를 돌며 풍경을 감습니다
몇 바퀴 더 돌면
내 몸은 이토록 차가운 세계를 돌돌 만 채 비틀거릴 것입니다

다 그만둡니다, 나는 아직 끝나지 않은 음악 속에서
재생을 중지합니다
나는 간단한 모양입니다

* 소비에트 포에버.

핸들

고구마는 자주 이동할수록 썩는다지

운전을 하다가 화단 모서리에 부딪혔어 핸들의 방향이 뒤틀렸다
작업실에 와서 조금 울었다
손목이 조금 이상해 몇 년 전 이유를 알 수 없는 물혹이 생겼다가 얼마 전 이유도 없이 가라앉았는데

이불 속이 참된 어둠인 줄 알고 살았는데
이제 다른 삶에서 나는 즐겁고 행복하고 유쾌하다고
참을성을 잃은 고구마가 붉은 뺨을 내밀고 도깨비가 되어 버려서
금이고 은이고 나올 거라고
사랑하는 사람의 꿈을 모두 좋은 쪽으로 해석하면서 사는데

이제 핸들을 오른쪽으로 조금 돌려야 똑바로 가는 차
좋은 쪽으로 좋은 쪽으로
머리를 기울여야 되는 바이올리니스트와 함께

눈을 감았다
박쥐 날개처럼 얇은 어둠을 덮고 낮잠 자기
사랑하는 사람의 영상을
오래 바라보기
이제 그런 것과 그런 것에 익숙해진 눈에 잠깐의 쉼이
필요했다

눈사람은 제자리에 있으라는 법이 여름에는 전부 폐지
되었다가
겨울에는 언제 그랬냐며 다시 생기겠지

명왕성

이어폰 스피커는 볼륨 37을 넘으면 내 청력 손실을 걱정한다

청력은 중요합니다.
볼륨을 이 지점 이상으로 높이면 청력이 영구적으로 손상될 수 있습니다.

나는 이 지점을 꽤 좋아한다

이 지점에 있고 싶다는 내 두 눈을 보면서
너는 카세트테이프의 두 구멍과 같다고 말했다 너는 꽤 취해 있어서
재생 되감기 빨리감기 일시정지 중에서 카페인 함량이 가장 높을 때가 언제인지
물었다, 왜 몰라 90년대지

초가집 문종이를 뚫는 손가락과 구멍 속의 두 눈동자는 흑심이므로
네가 90년대까지 그걸 지켜 온 게 용하다만

이제 바꿀 때가 되었다, 이런 먹물, 이런 연필의 심, 이런 속 깊은 데서 꺼낸 말

듣다 보면 청력 손실이 오겠지

이제 안 들을래, 그만 들을래, 나는 그냥 즐겁고 행복하게 살래

세로로 길어서 사람 사는 바닥에 닿을 것만 같은 시

손톱을 둥글게 깎는 기술로부터
너무 깊이 들어가 버렸어
잠깐 이를 악물었어
이는 이럴 때 쓰는 것

손톱 끝이 곧 하얘질 거야
흰 머리카락처럼
그런 것을 높이라고 부르자
비가 오다가
눈이 오는 것을
높은 곳에만 남아 있는 것들을
적어 볼게

안테나
피뢰침
만년설
교회 종탑

당신을 찌르면서

우리는 살아
손톱깎이 같은 입은
다물 수가 없어
벌리고 있으면 모자란다는 소리를
듣는 세상에서

나처럼
바보는 모든 게 쉽지
티셔츠에 묻은 포도즙은 티셔츠가 했던 가장 깊은 생각
열매가 마지막으로 부릅뜬 눈동자
거품을 내어 씻었어
넌 사람이 왜 그렇게 희미하니?

웃어, 이는 이럴 때 쓰는 것

헤헤, 라고 쓰면
바보 같아 보여
흐흐, 라고 쓰면
음흉해 보여

웃음소리에 인격 담기

그러니까 우리는 당신을 알지
사람들이 두 입으로 하나의 말을 하게
만드는 당신을
흰 부분을 다 잘라 낸 파도처럼
오지 못하게 막아도
온 힘을 다해 입을 다물어도
입을 벌리게 만들어진
구조라니

가끔 손톱 속이 따끔거려
눈에 비눗물이 들어간 기분이야
눈은 비누로 씻을 수 없지
비누 향기가 남아 있는 티셔츠는 이제
포도를 잊었어
사람은 어려운데 사람의 몸을 오래 배운
티셔츠는 반팔
곧 자랄 거야 손톱이니까

거칠게 물어뜯어도
둥글어지니까 부드러워지니까

лето*

오이 공포가 있는 사람에게 오이를 썰어 주었다
도마 위에서 탁, 탁 소리가 났다
ㅇㅇ만 남아서 눈동자가 없고 비릿해

물이 많고 초록을 벗겨 내면 연두가 드러나는 저들은
묘사만으로 시체가 되었다 부검을 해 봐야 합니다 группа крови**을 아십니까?
발음이 어려운 저들을 부르면서도 좋았다
베이스 기타 위 손가락의 떨림 울림 추운 나라에서의 삶이 손가락 끝에 있었다
ㅇㅇ, 그렇게 대답할 때가 있었다
내 시의 리듬을 끊어 버리기 전에 서둘러 보낸 ㅇㅇ만으로 상처 입은 사람들이 있겠지
겨울엔 어쩔 수 없는 초록을
초록을 전부로 알았던 그런 삶을 여름에 두고 떠나왔어

내일의 예상 적설량은 3센티미터 안팎이래, 고작 이런 나라에서
세상에 쌓인 게 많았다

흑백영화에선 삶보다 그림자의 밀도가 높지
거기서 더 크지 마라

김밥 속 오이만 젓가락으로 툭툭 빼내고 나니
소외된 오이들이 모두 모였다 너희가 모여 혁명을 일으
킬 수 있다면 속을 모두 토해 내게 할 수 있다면

물이 많고 초록을 벗겨 내면 연두가 드러나
잎이고 싶었을 텐데 내 안의 물이 넘쳐흐르는 것을
사람의 입안에서만 드러나는
침묵을, ㅇㅇ만으로 스쳐 지나가는 눈송이의 차가움과
공기를 들이쉬고 내쉰다

* 영화 「레토」(2018).

** 혈액형.

2부

노래졌다는 말이
좋았다

제일 처음 배우는 apple

집 근처에 사과 놀이터라는 곳
한입 베어먹은 사과 모형이 덩그러니 놓여 있어
명칭이 그 모양이 된 모양이다

이곳에는 무슬림이 많이 온다, 머리카락을 잘 숨긴 채
유모차와 함께 아이들과 함께 "뛰지 마!" 낯선 한국어 억양과 함께 아이들이 뛴다
그들은 놀이터 바로 옆 홈마트에도 온다

대파, 감자, 양파, 사과, 반으로 잘린 수박, 청포도 같은 것들을 담았다
그들은, 그들은? 너는 그들이 아니야?
탈춤의 자폐를 벗어날 수 없는 말뚝이와 취발이처럼 나는 형식 속에서 말한다
"이건 사실이야. 나는 삼풍로 13-7에 거주하고 있어, 이 근처 대학 테크노파크의 무슬림들, '그들'은 이 동네 곳곳에 출몰하고 크고 뚜렷한 눈동자로 세계를 응시하지."
응시
그것은 내 인상의 정체였다 베개가 내 머리만큼 찌푸리

는 인상이었다

나를 그들로 나누자 그들만큼 많아졌다, 이제 누가 뭐래도 괜찮아
짙고 강한 선으로 그어 놓은
그 아이들이 단단하기를 그 아이들의 경계를 이루는 그 어떤 선도
함부로 지울 수 없기를, 화교 출신 북쪽 말투 머리에 보자기
긴 속눈썹 뚜렷하고 멋진 쌍꺼풀 잘생겼다는 이목구비 금발 머리 갈색 머리

핏줄과 밧줄의 쓸모는 오직 하나
거기에 묶이는 것, 목을 매는 것, 사과나무 한 그루 없는 사과 놀이터의 사과 모형은 썩지 않아서
그 누구도 칼을 댈 수 없고
빨강을 다 뒤집어쓴 채로 식물성 이름을 갖고 있다는 것

그들은 그런 곳에서 유년

그들은 이런 곳에서 유년

해시계가 되기 위해 가만히 서 있던 유년
허수아비의 머리를 뽑아 홀로 차고 다녔던 유년 눈 코 입을 가진 축구공을 차며
머리가 빠져 십자가가 된 허수아비의 논밭은
종교적이다, 내 말 믿지? 엄마 말 믿지?

나는 한 번도 끊어지지 않은 빨강 껍질만 응시했다
과도에 단물이 뚝뚝 들었다 세계관이 노래졌다 노랗다보다는 노래졌다는 말이 좋았다 부를 수 있을 것만 같은 색채였다

두구탄성

재생목록: Viktor Tsoi「blood type」Queen「Bohemian Rhapsody」Bob Marley「One Love」이소라「Track 11」

이어폰 속을 걸었다 이어폰이 음악의 목을 최대한 조르고 있다

머리가 터질 것처럼 붉은 날들이니 장미가 피었다
소리쳐도 내게는 안 들려
입을 벌리자 입을 벌린 만큼 노래가 나온다는 것
밤 불빛이 밤 나방을 미치게 만드는 것은 언제 봐도 예술이다

새벽의 공기는 얇아서 좋아
나는 함부로 찢어지는 소리를 냈고 새들의 평화가 사라졌다 왜 이 시간에만
이 근처에 언제나

턱수염을 기른, 차도르를 입은, 자전거를 탄, 눈썹이 짙은 그들이 스쳐 지나갈까?

마주치는 걸까? 자전거를 타고 자전거 바퀴를 굴리는
그들의 다리가 멈추기라도 할 것처럼 나는 저들을 여기에 저들을 이곳까지
오게 만드는 이어폰 속 음악의 흐름

육체고 정신이고 놓아 버린 눈동자는 탄광처럼 깊어서 빛이 날 때까지 캐물어야 할까?: 이국성은 왜 피를 가만히 두지 않을까?: 그들의 글씨는 왜 끝에서부터 여기로 올까?: 찢어지기 쉬운 것들의 목록을 적자 약 봉지, 방충망, 비 때문에 허기가 진 거미줄, 이 시간에 해시계처럼 혼자서 있는 사람의 마음, 달팽이가 먹다가 남긴 잎

인근 숲은 두 시간 크기였다 머리가 터질 것처럼 붉은 해가
모든 걸 밝혀냈다, 태양의 시력이 모두의 것이라서
부끄러웠던 적이 있다 우유팩이 터져서 우유를 먹은 교과서를 들고
돌아오던 날 종이가 나무의 굴곡을 일으키며
젖 먹던 힘을 내던 순간

역사도 수학도 영어도 우유 냄새가 났으므로
씻어야 해

눈이 무척 컸다는 거, 차도르 속에서 아이라인이 유선형이었다는 거, 그러니까 물고기 같은 종이라는 거, 남자의 모자가 예뻤다는 거, 화장에 힘을 주었다는 거, 자전거가 하늘로 떠오르는 중이었다는 거
씻어 내면서 왜 나는 우유 냄새를 남기고 싶은 거지

"노래는 사람의 안으로 넣을 만큼 힘이 있어야 한다."
고대 페르시아 농담 같은 거
독초와 악몽이 함께 섞인 소리 같은 거 그러니까
나는 초록을 이해하기 위해
아침 식탁에 우유 대신 녹즙을 이미 지칠 대로 지친 녹즙을 꺼냈다
빨대로 녹즙을 마시는 것은
녹즙에 힘을 주는 일이다 음악을 듣는 힘을 주는 일이다
대나무의 성장기였다 꼭 빈속에 먹어야 하는

마음이 자꾸만 새벽 5시 푸르고 깊은 재생 목록 밖으로 새어 나갔다

9는 무슨 수를 써도 9

9는 기로에 서 있다 이제 와서 10이 될 수는 9뿐인데 1과 0이 되어 새로 시작할 수는 없다 그렇다고 9가 구가 된다면 그것은 둥근 원이 될 수도 옛 구(舊)가 될 수도 있다 구가 여럿이 모이면 구구구구구구구…… 비둘기의 육체에 갇혀 있다 나오는 소리를 받아쓰는 자들의 노트에 적혀 9였던 기억을 잃을 수도 있다

예를 들어
약은 식후 30분에 먹어야 잘 듣는 귀: 너는 구구구구구구 울었다
너는 회색조구나, 이런 몸으로 잘도 이 도시를: 구구구구구구구구

9의 머리는 크고 몸은 연약하다
언제 쓰러질지 모를 9는 벤치에 앉아 광합성을 했다 광합성은 사람 피부의 최전방에서 어두워지는 일이다 문신 같은 거 해 보고 싶지 않니?

해 보고 싶지 않아

문신은 가라앉지 않으니까

이곳에는 문신을 한 사람이 많았다
날개, 믿음이 깊은 라틴어 문장, milena, 우로보로스, 십자가가
사람의 피부 위에서 영영 표류 중이었고
만지고 싶어, 사람을
만지고 싶어, 사람만이 가진 따스함을
국적도 성격도 윤리 의식도 내버려 둘 수밖에 없는 그 온도 때문에
나 때문에 차게 식어도 좋아

내 눈은 가로등 불빛의 참을성을 시험해 본 적이 있다
새벽에 귀가 있다면 말했을 텐데
나침반의 끝이 얼마나 날카롭고 붉은지, 그게 계속 북쪽인 이유를
통금의 시대에는 귓속말처럼 통했던
통과하고 나면 만신창이가 되어 돌아오던 사람들을 천상병을

낙엽 모양을 타고난 나방은 초록이 생명인 줄 알았을까?
그건 너무 멀리 있어 이를테면 북쪽

사주를 본 적이 있다
우물과 우울도 한 몸이 될 것 같은 악필로 평생이 바람에 휩쓸리는 악필로
金 土 水 火 木 다 있다 木이 많다
머리만 자란 9처럼
초록을 이고 살다가 가을을 마주한 나무처럼
나는 내 메마른 손이 뿌리내릴 것만 같아 ㄱ을 짚고 다시 ㅣ를 짚으며
네, 네, 네, 맞아요

사주에 나무가 많은 사람들은 칼 가는 소리에 소름이 돋았다
사람이 물에 빠져 죽으면 몇 개의 나이테가 하늘을 떨게 만들까?
생각은 깊은 곳으로 걸어 들어갔고
모든 호흡을 잃어버렸다 안녕, 저세상에서 만나

> 9의 죽음은 목(木)을 통해 이 세상으로부터 떠 있는 것이었다
적당한 사이즈의 구멍 속에서
피가 통하지 않는 세상이 장미 봉오리처럼 부풀어 올랐다
9는 1이 모자랐다 나는 이제 그 일을 하려고 한다

어디로 자라기

머리카락
약한 애들부터 끊어지지
탈색을 거듭해도 속에서 올라오는 감정을
한국인은 전부 검정을

한 사람의 머리를 뒤덮은 혁명의 기운이

군대를 들어가게 한다
절에 들어가게 한다

뿌리 깊은 감정은 유가족의 산발같이 뻗치고
CCTV는 무음의 기억이며 기린의 눈빛

촛불을 들어 촛불은 호흡 근처에서
흰머리를 치렁치렁 풀고 귀신이 되어 버렸다
열정은 빨리도 늙는다
나는 다만 살기 위해 숨을 쉬었을 뿐인데
매일을, 순간을, 일상을
살았는데

> 여기저기 머리카락은 왜 이렇게 많아
청소기를 돌리게 한다

촛불을 켜는 대신 물그릇을 두고 비는 사람이 있다
— 밤에 물그릇을 놓아두면 거기로 온갖 귀신이 빨려 들어갑니다
음기가 강하니까, 그 물은 먹지 마세요 — 점치는 사람이 흘린 이야기를 듣고

아침이면 그 물을 마신다, 여기로 들어와 여기로
찬물이 내 안에서 너를 그리고
어딘지도 모르는 저기로 자라는 검정

에그

Breakfast 7:00 조식이 포함되어 있어 햇빛이 유독
센 나라의 국경 호텔 이 방의 벽은 금을 키우는 성질이 있다

나무 계단이 발걸음마다 삐걱거렸다
마음을 약하게 만드는 소리를 내는 건 늙는다는 것
낮달은 뒤꿈치부터 서서히 연해지는 양말
곧 살이 드러날 것만 같아

달걀은 차고 0을 닮았다
알끈을 뜯어내고 노른자와 흰자를 섞어 노른자가 흰자를 노른자가 흰자를
희면 쉽게 당한다, 몇 시간의 빛에도 당하는
흰 피부는 휴양지에서 늘 검게 탄 피부를 가져오지

낮이 낮을 견디기 위해
선크림을 발라야 할까, 식은 커피와 식은 햇살
지금 내 육체가 이토록 환한데

흰자와 검은자가 자리를 바꾸지 않는 한

다음 날도 같은 아침이다 베개에 흥건하게 흘린 침은 무의식의 피

"예스터데이, 예스터데이" 흥얼거렸다

어제는 어제를 어깨처럼 딛고 올라가고, 건물은 계속 소리를 내고

어제는 거미줄을 보았다, 이 정도면 주인에게 이야기해야 하지 않을까?

그러나 거미줄은 거미의 실어증

죽음을 하얗게 만드는 기도가 시체를 감싸고 도는데 내가 무슨 말을 하겠어?

영어도 잘 못하는데

내 영어의 외모도 성격도 잘 모르는데

이 나라의 공기는 내가 입을 다문 채 한국어로 하는 생각 속에서 적나라하다

노래에 중독되어 여기까지 왔다

여기는 어제다 어제와 같이 다만 어제와 같이 살게 해주세요

여기는 계란의 내부

계란을 깬다 노른자와 흰자를 젓가락으로 휘저으면 언제나
노랑의 승리로 끝이 난다는 걸 안다

흰자는 정말 연약하구나, 그런 마음을 가지고 싶지 않아서
에어컨을 17도로 틀었다 집 안팎의 온도차가 창문의 시력을 0 이하로 낮춘다
눈동자 흰자가 생성되는 방식이다

보고 싶은 것만 보는 검은자 푸른자 파란자를 둘러싸고 흰자는 고군분투 중이다

인종에 관계없이, 국적에 관계없이, 태생에 관계없이 흰자는 흰자
계란 프라이가 익는 조형물 앞에서
햇빛은 홀로 심각했고 "우리에게 찜질방은 공짜다"* 내려놓은 문장 하나가 지글지글거렸다
나 그거 보러 갔는데 안 보이던데?

그거 전에 사라졌어, 통행에 방해된다나 건축법을 위반했다나, 더 덥게 느껴진다나 그런 이유로

늘 그런 이유로 흰자는 쉽게 당하지

나무는 그렇게 심으면서, 초록과 그늘이 사람의 온몸을 통행하도록 심으면서

떠날 수 없도록 단단히 뿌리를 박는 건

시를 쓰는 사람이 자신에게 힘을 주며 사는 방식이었을까

대구에 계신 어떤 선생님이 그러는데, 대구에 아무것도 없다고, 절대 오지 말라고

그 말 밖에서 나는 아아, 그렇구나, 그럴 수도, 그런데 나는 잘 몰라, 그런 거 잘 모르겠어, 나는 흰자 사람의 눈 밖에 난 흰자

당신은 거기서 어떻게 견디나요?

다른 말로 바꿔 보면, 대체 그 더위에 거기서 어떻게 지내나요?

잘 때는 늘 문을 조금 열어 둬

그 문틈은 악몽을 막으려고 세워 둔 빛기둥:

가늘고 길게 살기 어둠을 직선으로 베기 시를 쓰기 그리고 언제나 이기(利己)

흑백영화 빛이 비춘 얼굴로

접시 위에서 조각조각 낸 계란 프라이를 먹는다

차고 깊고 어두운 여름의 냉방 유리창 입김이 넘치는 자리에 둥근 선을 긋는다

그 정도의 눈동자면 된다

흰자가 검은자 빛의 목을 너무 조르지 않게, 그 정도의 눈동자면 충분히 따뜻하다

이대로 익어 버리지 않을 것이다

* 현대백화점 대구점이 설치했던, '대프리카'라는 수식어를 단 더위 상징물 대형 계란 프라이와 녹아 내리는 대형 슬리퍼와 라바콘 앞에 있던 문구였다.

중요한 곳에 중요한 것을 놓기

시 쓰는 대신 병원 놀이를 하기로 했다
놓아둔 펜으로 혼자 주사를 놓았다
혈관으로 퍼지고 있니? 해가 되는 질문은 사절

삶은 고구마 같은 애들이 좋아 젓가락에 찔린 흔적이
노랗게 묻어 나왔다 혼자 놀기의 달인들은 모두 낯이
익었는데
창가에 놓아둔 지구본처럼
아무도 돌려 주지 않아서 반대편이 늘 캄캄한 시간인
아이들이니까

마약중독자처럼 수많은 바늘 자국처럼 이토록 많은 마
침표라니
어느 전생에서 감당하려고 해?
나는 대답하지 않았다 병원 놀이를 해도 실려오는 환
자는 모두 중증이었다

침을 묻혀 가며 페이지를 넘겼다
밝은 거, 밝은 거, 밝은 거 나는 밝은 것을 찾았다

앞으로는 그런 이야기만 하고 싶어
귀가 잘 안 들리셨던 할머니 이야기를 할까?

귀가 잘 안 들리다 = 귀가 어둡다
여기서부터 이미 어두워지는데 어쩔 테냐?
보청기가 오는 소리를 모두 키우는 양육
볼륨을 키울 때 +++를 누르지 뭐라고? 뭐라고? 더 크게 말해 봐
++ +   +
 ++ +++ ++
  +를 계속 누르다가
나는 여기를 공동묘지로 만들어 버렸다 중증 환자들의 몫이 된 세계에서
무서울 때는 입에서 나오는 게 신이다, 엄마!
아버지는 내가 괜찮을 때만 두 손을 모으고
부를 수 있는 이름 일용할 양식을 주옵시는 높이로부터
내리꽂히는 펜처럼
맥박은 맺힌 비가 한 방울씩만 떨어지는 규칙성이다
……………… 더 할 이야기가 있어?

> 이번엔 팔을 다쳐서 온 사람 초록색 깁스 속에서 사람의 살은 회복 중
왜 번데기의 모양을 빌려 나아야 할까?
그곳에 낙서를, 하트 그림을, 내가 왼손으로 겨우 그린 동물성 문장을
내 팔이라고 믿고 목에 걸고 다녔다

병원 놀이는 이제 끝나 갑니까? 이제 깁스를 푸셔도 될 것 같습니다
원래 모양을 그대로 간직한 손과 팔을
어디에 놓아두어야 할까? 먼지가 쌓인 지구본처럼
실내 온도만이 내 세상이며
내가 손을 댈 때만 지구가 자전하는 줄 알았던 과거로부터

나는 모든 모서리가 뾰족한 별을 몇 개 그리며
처음의 점을 똑바로 찾아가는
끝의 점에서 주삿바늘을 뗀다, 나아 가고 있다

방언

볼펜을 물고 발음을 분명하게 만드는 일로 ㅁ과 ㅇ을 나눈다
사람과 사랑을 나눈다

시를 어렵다고 생각했던 예전에 이 두 문장으로 뭘 시작하려고 했다
그 꼴이 우습다, 볼펜을 물고 볼펜의 표면에 잇자국이 다 나도록 물고
침도 흐른다
남쪽 방언에서 침은 춤이라고 부른다
쟤 춤 흘린다, 춤 좀 뱉지 마, 같은 식으로 말한다

그걸 고쳐야 해, 그때는 지역감정이라는 말이 수족냉증처럼 느껴졌다

낯선 지역에 가서 택시를 타면 그런 게 되게 잘 드러나지
택시 위에 붙어 있는 '개인'에 불이 들어오듯이, 목적지를 물을 때 어느 쪽으로

가십니까? 어느 방향이든 말이 되어야 하니까
말을 해야 하니까

전방 200미터 앞 우회전입니다
회담 안 됐다 카는 속보 보셨어요? 두 말이 오가고 나는 창밖을 봐
모든 택시 뒷좌석은 오른쪽 문만 열리는 사상 같은 거, 잘 몰라
그런 걸로 뭘 쓰지도 않을 거야
제대로 볼펜을 물고 제대로 된 발음만 뚜렷해지도록 반복하는 동안

볼펜 속의 여독은 풀리지 않고 잇자국은 여전하고 택시는 모범이 아닌 개인이고 나는 지금 이 길이 최단 거리인지 아닌지 지도를 보는 일에만 집중하는 중이다

스탄 친구들

스탄 친구들을 조심해야 해
게스트 하우스에서 남부 지방 한국어를 쓰는 남자가 말했다

드럼 속처럼 하얗고 찬 독방을, 밖으로부터 나를 치는 발소리를
종이의 뒷면과 나의 낯을 혼동했다
그리러 왔는데 여기는 온통 눈뿐이다, 흰색 물감은 어떻게든 존재하려 하고

물감을 머금은 붓은 끝에서 색즉시공 공즉시색 색즉시공 공즉시색 이상한 끝말잇기 끝에
붓을 놓고 나면 머릿속에서 얼굴을 그렸다, 위험한 얼굴들

채도가 높은 턱수염 및 "담배 냄새와 신앙심이 몸에 밴 자들이지." 특히 택시를 주의해야 한다는 것을, 어디에서 어디까지 내가 모르는 키릴 문자의 지명으로 가는
택시의 방향과 속도가 이상해질 때

자세히 봐, 룸미러에 비친 두 눈의 방향과 속도를, 우글거리는 가족 사진과

십자가를 닮은 이상한 문양이 없는지

그런 건 숨길 수 없거든, 스탄으로 끝나는 나라에서 왔다면

입속의 교정기가 이의 의외를 가두고 있는 중이므로 나는 이를 드러내지 않았다

그리러 왔다, 이렇게 흰 게 많아서 그리러 왔다 그리러 그리고 그리러 그리고

극동의 미술관은 사람 눈빛의 유배지들로 가득하다

나는 이어폰 속에서 — 이어폰은 수혈의 형식으로 귀를 뜨겁게 만들어 주니까 — 시로 쓰려던 문장이 이어졌다 — 내 독감은 세계의 독감 — 콜록콜록 — 이것 말고는 재채기를 표현하기 힘든 한국어 — 목적지는 게스트 하우스 — 어제 처음 만난 남자의 말 — 스탄 — 스탄 — 스탄

냉혈이 가능한 계절 여기서는 누구도 쉽게 웃지 않는데

어디로 가세요? 흰 이를 드러내며 검고 짙고 속을 헤아릴 수 없는 턱수염으로

입을 벌린 말이 번역기를 통과했다

“어디로 가-세요?”

번역기는 제가 얼마나 이상한 억양으로 말하는지 모른다

나는 모든 연락을 무음으로 해 놓은 상태였다 눈은 아무리 내려도 무음이다

무음 속에서 택시는 사라졌던 내 앞에 도착했다

“안녕히 가세요.” -스탄, 당신은 스탄입니까?

무엇으로 시작해도 -스탄으로 끝이 납니까? 무음 속에서 말을 걸고 돌아와 사람에게 버려진 철길이 천천히 붉어지는 풍경을 그리고

경전을 그렸다 경전의 옆구리 금박으로 빛이 나는 두께를 짊어진 그 남자를 그렸다

— 이제 이 속에서 살아요, 스탄으로 끝나는 나라도, 이상한 눈초리도, 눈사람처럼 서 있는 손님도 다 버려 두고 여기 들어와 살아요

그래, 알고 있다, 이게 나쁜 짓이라는 것을

> 손이 얼었다, 냉혈이 되기 쉬운 러시아어가
희고 긴 입김을 동반했다 스탄 친구들의 영혼이 담긴 것처럼 희고 긴 통화 중이다

이토록 멋진 곤충*

*그런데 여러분이 보는 개미들이 대부분 암컷인 것 알고 있었나요? 그건 개미 왕국의 거의 모든 개미가 암컷이라서 그래요. 개미 여왕도 암컷이죠. 개미 여왕은 1년에 딱 한 차례, 수컷으로 태어날 알을 낳아요. (……) 이제 더운 여름날, 날개 달린 개미를 보면 1년 중에 유일하게 개미 아빠를 볼 수 있는 시간이라는 걸 알겠죠. 개미 아빠는 자기 새끼를 보는 즐거움을 누리지도 못해요. 몇 시간 동안 날아다니면서 여왕과 짝짓기를 하고 바로 죽으니까요.***

나는 창문 너머에 비친 나와 목숨이 이어져 있다
둘은 깊은 관계입니까?

둘은 왜 달라야 할까?
맥주 한 잔으로도 온몸이 붉어지는 보행자 신호등을 알아 초록 인간은
다가가도 되는 색 — 한 달에 한 번 피가 외도를 하는 날

모든 빗방울이 서로 혈연이라는 걸 알 수 있는 날
개미 떼로 뒤덮인 풀무치 같은 날

오늘 밤 어둠을 다 삼켜도
내일이면 내보내야 하는 하품 같은 날

"우산도 없이 괜찮으세요?" "괜찮아요. 고마워요." 이렇게 더운 여름날
1년 중에 유일하게 남성이 보이는 날
그런 날 하루쯤 있으면 좋다

노래에 잘 중독되는 사람의 입은 바람을 자주 갈아타지
그런 사람 한번쯤 만나면 좋아

무당벌레는 항상 끝에서 날지
점을 짊어지고 신내림을 받은 것처럼 붕- 부웅- 목적도 방향도 잃고
날아가지, 어디로 가는지
아무도 알 수 없는 빈 차가 적힌 개인 택시를 타고
자카르타로 가건
울란바토르로 가건
오늘 만남의 끝에서 붕- 붕-

> 바람을 갈아타고 나는 가고 너도 간다,

실내가 밝고 바깥이 어두운 날 창문 앞에서 만나요, 우리

* 안네 스베르드루프-튀게손, 조은영 옮김, 「암컷이 지배하는 개미 세계」, 『이토록 멋진 곤충』(단추, 2020)에서 제목을 빌려왔다.

** 같은 책, 80쪽.

필담: 파란 볼펜과 연필

이제 네 차례야, 나는 책을 밀었다
나는 0.28심의 파란 볼펜이며 너는 연필이며 그들은 우리들
머리카락처럼 헝클어졌다

'뿌리 염색 하러 갈까?' '점심 먹고 가자'
너의 머리카락에 체류 중인 에메랄드색 속에서 흑역사처럼 올라오는 뿌리는 검다
0.28의 굵기는 사람 눈으로 보기 힘든 침엽수의 감정
여름에도 겨울에도 변하지 않던 감정
파란 볼펜과 연필이 『악의 꽃』 귀퉁이에서 귀를 열었다

선생의 말에는 열기가 넘쳤고 로망스를 호망스라고 호흡처럼 발음하는 프랑스어가 매력적이었는데 우리의 악필은 절박하게 질문하고 답을 구하고 있었다

침묵은 잘 지켜야 한다
영어 단어 끝의 e가 전부 묵음인 것처럼 여기가 아닌 저기에

존재하고 있다

입안에 가득한 이가 전부 묵음인 것처럼, 뿌리 염색과 점심과 젊고 유명한 이의 자살 소식과 그이를 사랑했던 이들이 이를 악물며 몰래 그이가 불렀던 곡을 듣는 시간을

선생은 몰랐을까 티백 속에서 힘이 빠진 초록과
묵음 한번쯤 끓어올랐던 물일수록 더 잘 빙의하는 초록이니까
보들레르, 버지니아 울프, 백석
우리는 이토록 여름만 기억할 거예요 우리는 침엽수처럼 날카로운 말을 했다
그래, 그러거라, 마음껏 연애하고 마음껏 하고 싶은 것을 해

나는 선생의 말을 다르게 받아 적었다 그것은 네가 대답할 수 있는 말이었고
너는 잘 빗나가서 내게로 닿았다

오늘 빛이 좋다와 오늘 날씨가 좋다 사이에서 우리
문장과 단어와 의문부호와 별표와 그림과 ×와 헝클어
짐으로 가득한 우리
함께 창조한 세계에서 둘뿐인 우리
종이 울리면 밖으로 빠져나오는 우리

우리는 너희들과 이어지지 않아서 입 밖으로 나오는 말
이었다

3부

0.28 내 영혼의 가늘기

삼풍로

여기는 천문 관측이 쉽고 슬픔
두 눈을 의심하면서 밤마다 잘 울던 사람이 여기서는
살기가 좋다, 공기도 맑고 월세는 열 편 정도의 시로 충분하고
그 정도면 좋네, 응 좋다

평상이 있고, 빨랫줄이 긴장을 잃은 채 걸려 있는 옥상에서 좋다 좋다 소리를
반복하고 있었다 그러다 문득 물었다 정말이니? 진심이니? 그렇게 믿니?
말 없이 옥상의 안테나≠바늘로 꿰맨 자국을 부정하는
그 눈동자는 암실: 붉고 침침한 세계에 맺힌 게 많았다

여기는 3층이지 응 3층이다 2층에는 뭐가 있지 2층 간판에 있는 글씨는 어느 나라의 글씨인지 모르겠어, 2층은 무슬림 사원 구불거리는 아랍의 문자가 적힌 그곳에서
저들은 방향을 믿고 저들의 방향을 향해 절을 하지
좋을까? 좋겠지 나침반처럼 단 하나의 방향을 향해서, 그럼 1층에는

풀잎 피아노가 있다 도, 레, 미, 파, 솔, 라, 시, 도를 사랑하게 될 때까지
오른손과 왼손이 건반 위에서 함께하는 법을 배우는 곳 — 풀잎 피아노

1층과 2층과 3층의 월세 개념은 다르겠네, 응, 많이 달라
우리는 달을 바라보고 치토스를 부스럭거리며 맥주를 비운다, 둘의 눈은 모두 달을 향해
맹목에 가까울 정도로 빛이 났다
— 상처는 아물고 신호는 희미해지고 외계는 사람들의 말로 가득할지어다! 우리는 웃었다
너와 나는 비닐봉지와 일그러짐
너와 나는 빨대와 꺾임
너와 나는 태양과 마테차

우리는 Queen을 들었다 목소리가 매력적인 필기체처럼 흘렀다, 좋다
여전히 좋아, 응 시간이 지나도 좋은 건 좋다
그렇게 필기체로 알아볼 수 없을 정도로 이름을 흘려

쓰다가 선을 넘지

넘어도 좋아, 그럼 나도 좋아 우리는 가만히 서로를 안고

낮은 온도 속에서 하나가 되었다

Black on Grey

마크 로스코의 「Black on Grey」(1969)를 보았다
저게 벽지라면 도배사들은 혼이 나가서 울었겠지

어떻게 완벽하게 하얗게 만들 수 있겠어요, 이런 일 저랑 안 맞아요, 그만둬 버리고 싶어요, 애가 이제 초등학생인데 꼭 하나 더 낳으세요 둘이 놀아요 같은 소리와 함께
도배사는 양팔을 벌려 내 침묵의 폭을 쟀다

검은색이 우세해서 회색은 죽기 직전이었다 자정이 지나 깬 아기가 울어서
모든 흐름을 끊어 버렸다 어둠이 무거워질 때까지 안고
하나 더 낳아야, 하나 더 같은 목숨을 그렇게 쉽게 말할 수 있다니, 로스코는
그런 선택을 해 버렸다

출생 1903. 9. 25. 러시아—사망 1970. 2. 25. 미국
그 짧은 하이픈 위에서, 나는 전깃줄의 팽팽함에 따라 달라지는 새의 기분으로 입을 벌렸다 어둠이 주는 혜택이라면 그런 선을 무한히 그을 수 있다는 것

> 하얗게 도배한 벽 중 하나에서 다른 인종의 몸 냄새가 난다

백인의 냄새 인도네시아인의 냄새 터키인의 냄새 외국의 냄새 독일어와 프랑스어에 가까운 몸의 냄새가 계속

쓰고 있는 나와 함께 살자고

양팔을 벌리고 있다 양팔을 벌리는 일에 익숙한 사람은 전생에 새였을까?

남의 인생에 대해 생각했다 우리는

옹기종기 모여 남의 인생을 구성하는 작은 글씨 — 9.5포인트였다

몇 마리쯤 견디다 못해 날아가도 괜찮았다

잘 표현된 불행

복사할 게 많아서 장난이 아닌, 한 페이지당 스무 장씩
『잘 표현된 불행』을
발레리나가 끝까지 찢어야 하는 다리처럼 벌리고
빛이 지나갈 때까지 손으로 눌렀다

말해, 말하라고, 취조의 현장이라면 아마 이렇겠지
내 뒤의 사람은 다리를 떨었고 나는 잘 표현할 수 없는 불행 속에서
나비 날개는 접히고 나방 날개는 접히지 않는다는
꽂만이 유일한 차이일 뿐인
사랑에 관해 내게 질문하고 있었다 너라면 어느 쪽을 더 사랑할래?

튤립과 터번이 한통속이었다는 사실이라니 사람의 머리를 찬란하게 만드는
혈연관계를 전부 지도로 만들어 보고 싶어
허기와 향기는 같은 데서 느낄 수 있다 같은 말을 머릿속에 구겨 넣으면서 정작

머리를 박고
다리를 벌리고
계속해서 나오는 새 종이들은
갓 태어난 것처럼 뜨거워, 너희들은 복제된 것뿐이야
아니다
아니다
아니다
아니다

새 종이는 희고 얇아서 새를 보는 시선에 가까웠는데
새는 단 한 마리도 없어서
나는 손바닥을 베였다, 손바닥에 운명선이니 감정선이니 많은 선이 있다지 그중에서도 나는 단 하나뿐인 시선을 그었다, 피는 적의(敵意)와 적의(赤意)를 구분하지 못해 흐르고
아! 씨!
뒤의 사람이 참다 못해 폭발한 태양 같아서
고개를 돌리지 않았다 이것이 잘 표현된 불행일까, 이렇게 말하면 모독일까, 삶에 가까운 것일까?

> 피는 못 속이지, 아래로 흐를 줄 안다는 게 이미 운문이며 운율을
몸속에서 얼마나 겪었겠어?
일본인이 고개를 숙이는 방식도 네팔인이 부처상 앞에서 절을 하는 방식도
이놈의 피라서
휴지는 정신이 나갈 때까지 뽑히는 자백이지 한때 자백은 스스로 하얗다는 문장을 적은 적이 있는데 여기서 적은 붉을 적(赤)이므로 지금과 일치하는 상황이
피처럼 줄줄 흘러내렸다는 거
바깥세상에 뭐 좋은 게 있다고 자꾸 기어 나오는 건지
붕대를 감았다
희고 깊은 두께를 만들기 위해 눈이 오듯이 감고 감았다 눈을 감듯이 감았다

"시를 쓰는 일은 손에 직접 피를 묻히는 일입니다." 눈을 감자 왜 선생의 말이 기억났는지 몰라 허공에 핀 꽃을 이야기하던 중이었나
빨강인지 빨갱인지 밖으로 나오기만 해 봐

자라고 자라다가

허공의 한순간에 멈춰서 피어나기만 해 봐라

나는 붕대의 길이가 허락하는 한이었고 동일한 페이지가 지속되었다

잘 표현되기 위한 반복이었다

단 한 글자가 비었다고 말했다

— 공(空)

단 하나의 틀린 글자는
빌 허(虛)

죽은 쥐의 곤두선 감정이 필체로 남아 있다가 폭발했다
혼은 홀로 얼마나 궁리를 하다
튀어나왔나?

반야심경이 사람 밖으로 나오고 싶었던 흔적

어둠은 왜 이렇게 쉽게 야위었나?

인도네시아인 느낌의 남자가 자전거를 타고 가로지르는 새벽 캠퍼스

이를 드러내고 씩 웃자

어둠은 허기를 이기지 못하고 그만 아메리카노를 마시기 시작했다, 투명한 빨대가 탁한 색으로 허기를 채우고 나는 누구에게도 주절거리지 못한

단 하나의 틀린 글자를

쥐의 사체만으로

온몸이 떨려서 그만 빙의가 된 사람처럼

씐 사람처럼

말하고 있다, 말이 좀 지나쳐서 그렇지 이것은 시다

밑줄의 전속력으로 날고 있는 새처럼 가늘고 빠르게 쓸 수 있는 볼펜

알고 있겠지 0.28 내 영혼의 가늘기

급하게 쓸수록

나의 손등에서 비행을 위한 근육이 파르르 떨리고 있다

다윗의 별이 아닙니다

별 그리는 아이는 별에 대한 예의를 모른다 별 그리는 아이는 역마살이 있지만 별을 시작한 점으로부터 다섯 방향을 찌르고 돌아온다 다섯 군데 어디에도 머물 데가 없어서 방파제 위에 말라붙은 불가사리의 형태로 죽음 별 그리는 아이는 혈연처럼 닮은 별을 계속 그린다 볼펜으로 정신이 나갈 것만 같은 머리카락을 죽죽 그어 대던 때보다는 훨씬 발전한 게 이 모양이다 이 별 모양이다 볼펜 말고 연필을 쓰면 어떨까? 나는 별 그리는 아이에게 참견한다 날카로움이 닳는다는 게 얼마나 있어 보이는 일인지 아니? 무엇이 있어 보이는 건지도 모르면서 나는 바짝 깎은 연필 한 자루를 별 그리는 아이에게 준다 별 그리는 아이는 볼펜을 두고 연필을 쥔다 이제 별을 그릴수록 별의 선이 굵어질 것이다 별 그리는 아이는 연필의 뒤꽁무니를 잘근잘근 씹는다 애정 결핍이다 손톱을 물어뜯어도 애정 결핍이라고 한다 네가 아무리 많은 별을 그려 봐라 내가 다 지울 것이다 스케치북은 수면 상태에 빠지기 시작하고 창문 밖으로는 눈에 덮인 자작나무 숲이 보이고 몇 개의 인가가 주황색 불빛이 사람 살려 사람 살려 외치는 것처럼 춥고 어두운 시베리아 벌판을 통과하며 별 그리는 아이는 다시 다섯 개의 점에서 꺾여 고향으로 돌아간다 별의 숙명에 대해 연필의 흑심이 제 존재를 별에 두고 오는 것에 대해 별이 보는 사람에 의해 받는 고통과 상처에 대해 단 한마디도 한국어로 말할 수 없고 단 한마디도 러시아어로 들을 수 없다 별 그리는 아이는 별 그리는 어른이 될까? 금발을 초록으로 물들일까? 별 그리는 아이의 별들은 전부 어디에 있을까? 어둠이 풍부한 날이다 눈동자가 풍부한 날이다 모서리가 보이지 않을 때까지 먼 곳에서 별로 남겠지 비장한 얼굴이 아니라 야윈 감정이 아니라 별 단 한 번도 연필의 끝을 떼지 않고 죽었다 살아나지 않고 고향으로 돌아오는 별 네가 그리는 별은 그런 별이다

경계심이 흐려질 때

관공서 문서에 영혼을 넣을 수 있을까?
「갈대 등본」이란 시가 최초의 시도였다고 알고 있다
밤이나 비가 오는 흐린 날에는 귀신이 출몰한다고 했다
밤이 되자 삶이 80퍼센트 이상 충전되었다

충혈된 눈으로 블랙커피를 마시며 검고 깊음 씀 닳음 아님 다름
처음 배운 게 낯설게 하기였으므로
주차장의 흰 선이 다 닳은 건 탈옥의 흔적이다

— 자발적으로 갇히려고 하는 자들 바퀴와 선을 평행으로 맞출 때의 행복과 쾌감
거기서부터 벗어나려고? 왜? 시 쓰는 거 재밌다면서
나도 내가 바뀐 것을 알고 있다
내 자리가 없을 수도 있다 한 사람이 차를 두 대, 세 대씩 가진 세상에서
경계심이 흐려진다는 게 꼭
귀신에게 자리를 내준다는 걸까? 정말?

낮달은 멍한 사람의 눈에서만 살아남았다
누가 읽어 줄까 내 시를

내가 읽을 수밖에 녹음기는 육체를 잃은 영혼의 목소리로 말하니까
남의 목소리 같다 친해지고 싶지 않은 저 귀신과
오랜만에 「갈대 등본」을 읽는다, 이 바람을 다 걷고 싶다는 마음에서 한 번
무너졌던 순간이 있는데 왜 벌써 희미해졌을까
이 선이

선풍기의 강 약 미 중에서 회전은 한 시간 동안 약으로 지속되고
약봉지의 찢어진 자리에서 할 말이 나왔다
땀이 났다가 식었다가를 반복한다 이제 친구에게 전화를 해야지

우리의 소원은 통일

입으로 하는 일을 다 받아 내는 것
우울증에 걸린 번역기는 좋은 시를 전부 ‘번역 불가’라고 했다
시가 무엇인지 잘 이해하고 있군

나는 혼잣말을 잘한다
풍선껌 다섯 개가 수백 번씩 터졌다 좋은 향기 좋은 느낌 터진다는 것
폭탄이 터지고 머리가 터지고 울음이 터지고

목성은 저토록 크고 거대한 광휘를 두르고 고래처럼 느리게 저기서 저기라서
저기라는 말을 좋아하게 되었다
저기요, 저기 저기로부터 사람에게 말 걸기 터졌던 풍선껌을 되씹어 다시 부풀리기
저기 시간 있어요, 저기 마음에 드는데 번호가 어떻게 되나요

입으로 하는 일을 다 받아 주지 마

손톱을 물어뜯는 거 손톱은 미래가 없는 애들이니까
이 창백한 공간에 외계인들이 입주할까 봐 침 냄새가 나도록 계속
앞니와 손톱의 관계는 육식성이다, 동족상잔, 너희들은 혈연관계다, 한 몸에서 났다, 모두 주의 자식들이다, 알고 보면 우리는 모두 하나 We are the world

We are the children
해바라기씨처럼 검게 탄 아이들이 축구를 하고 세상을 짓밟고 나는
너의 입 밖에서 껌
분홍과 핑크는 국적이 다른 걸까? 밟히고 나면 그게 그거 같은 시체
번역 불가의 존재

절에서 외는 염불 소리 같은
입으로 하는 일 입에서 나오는 일 불상이 있는 저기를 향해 저기와는 무관하게
절에서 절을 하는 것은 가려운 데를 피가 나게 긁는 손톱

> 표면에 거의 다 와 간다, 조금만 더

피의 협동심을 본받고 싶다 우리는 왜

핏줄이면서도 한데 모여 멍이나 되고 있지?

신이 손톱을 세우고 온 힘을 다해 저기 저 하늘을 긁기를 바라며

펑, 한번쯤 터져서 향기로 가득한 세상을 꿈꾸며

입으로 하는 일

당신의 세계였던 신체에서

목

CCTV가 좋아하는 장면은 영혼을 쫓아다니는 고양이다
밤이 되면 동공이 둥글어지지 어둠을 최대한 많이 넣어두기 위해서
좋겠다, 너희는

나는 한쪽 눈의 시력이 0.1이어서 거북목이 되었다
읽어야 하는데 보르헤스는 읽어 줄 사람이라도 있었는데 나는
거북아 거북아 머리를 내어라 그렇지 않으면 구워서 먹으리
머리를 몸속에 넣을 수 있다는 것

물 냄새를 맡고 머리를 빼는 달팽이처럼 두 개의 눈이 불쑥
세상을 향해 나온 순간처럼

너는 본 것을 다 기억한다, 단 한곳만을 뚫어지게 바라보는 한 종교의 극성 신도처럼

> **skin**

그럼에도 피부와 스킨

피부에 스킨을 바르기 이 스킨은 달팽이의 점액으로 만들었다고 한다

비 냄새로 유혹했을까 열심히 키워서 죽였겠지

피부와 스킨 사이에서 죽었다 깨어나면 어느 쪽이 내 것이 될까

피부에 스며드는 스킨

스킨에 스며드는 피부

피부 좋다는 칭찬을 들으며 달팽이의 끈적한 점액질을 생각하고 화이트닝을 생각하고 드넓은 백지 위에 아무것도 쓰지 않는 것도 꽤 아름답다고 생각하고

나열

「바람기억」이란 곡을 듣고 있는 지금

바람은 육체를 버리고 온 자의 길고 깊은 호흡처럼 느껴지고

선풍기에서 미를 누른다 지금은 겨울인데 내게는 더 많

은 바람이 있어야 한다

겨울에는 모든 입김이 유리의 폐활량이니
세상을 자주 닦는 당신의 속눈썹이 길면 좋겠다

호두 까기

호두를 까는 순서는 단순하다
머리를 두드리기 목탁의 허기와 같이 거칠게 망치질하기 부서진 것들을 어금니로 먹기
간혹 뇌의 모양을 유지하는 것들도 있다

그들은 아깝다 하지만 너희의 성별을 안 이상 어쩔 수 없다
결국 파편처럼 여기저기 튀는 너희들
"네 시는 파편화되어 있어." 처음 합평을 하면 그런 소리를 하거나 듣게 되지
잘 쪼개져서 날카로운 것이 좋다
통일이 싫다
온전하다는 것은 잘못된 감각 같다

머리에 좋다니까 그래도 먹어야지 뇌를 닮은 게 뇌에 좋다니
0은 0인데 무슨 수로 서 있는 걸까
고통 받는 동포들을 옆에 두고 살아남은 뇌로 할 게 시 쓰기뿐이다

4부

계속 새 꽃을 두는 마음

기상청에 대한 믿음

유리주의 유리의 은밀한 데는 사람 입김이 진하게 퍼진 곳
꼭 암벽을 등반하는 눈사람 같지 않니?
나는 김준현을 썼다, 김준현만큼 사라진 눈사람이 달라붙어 있다

그날부터 허공에 가까운 것을 사랑하기로 했는데
비닐봉지는 일그러지는 게 일이다
비닐우산처럼 음질에 가까운 피부는 비 혹은 눈물 혹은 식은땀처럼
흐린 날에만 반응하지 달팽이처럼
시를 쓸 때 글씨와 그림자는 자웅동체

내일은 기온이 영하로 떨어진다고 했다 기상청을 믿는 사람은 얼마 없다
우리 할머니 무릎 관절을 믿겠다, 내일 내가 직접 보고 판단하겠다, 내가 낸 세금이 아깝다: 모든 내가 달아 놓은 문장들을
읽을까 기상청은 두 손을 맞잡고 기도하는 자들의 목소

리가 하늘에 닿도록
기우제를 지내던 시절의 신

비가 오면 나는 안 나갈 거다 다음 날 비둘기와 웅덩이가 대화를 할 때까지 — 사실 물은 일방적으로 꼬집히기만 한다
보일러를 틀고 목이 긴 양말을 신고
이불을 덮어쓰고 비가 내려서 둥글고 흰 드럼 생각이 나게
비트가 있다면 노래를 불러야지 iiah의 곡을 북극 같은 설야로 걸어 들어가는 뒷모습을 하염없이 바라보며 참다가 불러야지 옆집에서 소리를 지르기 전까지 불러야지
빗소리 속에서 빗소리를 믿고

허공에 가까운 것을 사랑하는 사람의 밤은
무르만스크의 기온을 검색하게 하고
불꽃놀이를 보러 가게 하지 불꽃놀이가 밤하늘과 피가 통하는 기분일 때
불꽃이 터지는 높이가 다 자라고 난 키 같아서

저기가 허공인가? 싶어 손을 뻗거나

저기가 허공인가? 싶은 줄도 모르고 새가 날아와 죽음

저기가 허공인가? 싶게 아침부터 걸레질을 하던 너의 팔 움직임 가는 핏줄을

떠오르게 해 나를 모든 허공에 부딪치게 해

나에게 주어진 길을 걸어가야겠다

일본식 가옥을 보존해 만든 카페였다
죽은 사람의 일본어는 갈 데가 없어서 방황하는 개가 되었다
2층에 앉아서 보았다

그 개가 돌아다니는 모양을 보며 빨대의 내부에 대해 빨대의 허기에 대해 호흡이 많이 필요한 외국어에 대해 적었다 '창밖에는 밤비가 속살거려'*로 시작하는 메모였다

윤동주의 귀를 1000원에 산 적이 있지
작은 종이에 사인펜으로 그려져 있었다 네 번 접었다
이 어지러운 굴곡을 수평선처럼 펴는 데 걸리는 시간은 몇 년이었을까?
문학을 많이 해서 수학이 낯설다
2층에서 1층으로 내려오면서 한 층을 빼기 위해 걷는 일이 전부라는 것
삐거덕거리는 나무 계단을 디디며 몸을 굽히며

창밖에는 밤비가 속살거려

창밖에는 밤비가 속살거려

타고난 라벤더 향기가 한평생인 비누처럼 오른손에만 익숙한 필기처럼 윤동주

이곳을 떠나야 했다 서둘러
바닥에 떨어뜨린 두루마리 휴지가 경사를 만날 때 귀신이 육체를 가지고 놀듯이
심(心)만 남을 때까지 아래로 아래로 계속되는
대를 잇는 일

이곳에서 나는 햇빛이 가득한 창문과 아이스크림이 올라간 와플 사진을 남겼고
'횡단 내내 러시아인들은 해바라기씨를 까먹는다, 해와 무관하게'라는 문장과 정신이 이어져 있었고
바다에서 불어오는 바람과 오징어 말리는 냄새를 느꼈다

어둠이 오면 수평선이 사라지고
오징어잡이배들의 빛이 별빛의 어머니처럼 번뜩인다

죽은 후에도 계속되는 노동을 멈추고 싶었다

* 윤동주, 「쉽게 쓰여진 시」.

드라카리스

아홉 마리의 용이 승천했다 여기서*

어마어마한 양의 대게가 죽음을 맞이하고 대겟집이 대게 삶는 김이
냄새가 바다의 냄새가
일본어가 몸에 밴 인형과 일본어가 몸에 밴 개처럼 남아 있는 여기서

해안가에 살아서 수평선 이분법이 몸에 익었지
도망쳐 왔다, 세상으로부터
『잃어버린 시간을 찾아서』라는 책의 첫 부분
소금 김 밑에 깔린 방부제는 몇 장의 어둠을 덮고 누워 있는가?
그들이 가벼웠기 망정이지
호흡이 가능했기 망정이지

풍선에 들어간 귀신은 자신의 피부색을 새로 타고난다
부풀리는 입을 어쩌지 못해 부푸는 마음을 어쩔 수 없는 게 도망친 사람의 특징이다

바다 근처에만 오면 될 줄 알았다 억양이 거칠어질 수밖에 없는 바다 근처에서
사투리와 일하러 온 외국인들의 낯선 패션과
사는 게 줄줄이 널린 오징어 말리는 일 한 몸 같은 하루하루로부터
숨이 죽어 가는 베개에 머리를 대고 잤다

몇 장의 어둠을 덮고 누웠는지 내가 어떻게 알아? 바늘이 들어가도 괜찮은 혈관을 연구 중인데
어디를 찔러도 터질 게 분명하다
풍이라는 병이 여기에서 왔다고 갈매기들이 한목소리로 울었다

이놈의 대게 냄새 속에서도 새벽 운동은 해야지 우울증에 걸리지 않기 위해
걷다가 달리다가 걷다가 달려도 어디를 가든 바닷가
자꾸 안경에 닿는 호흡이 계란 흰자처럼 연약하게 질기게 붙었다
껍질을 깨고 용의 새끼가 나올지도 모르지 그들은 바

람을 일으키고 기후를 마음대로 할 수 있다는데 어선들은 출항을 준비 중이다 그물과 해초는 절박해서 한 몸이 되었고

아래가 위를 어쩔 수 없는 수평선이

사람을 먼 데까지 가게 만들었다 이제 돌아오게 만들어 줘

노래가 사람의 몸에 머무는 기간이 얼마나 긴지 쓸쓸한 사람은 직접 헤아려 봐야 한다

노래를 계이름으로도 불러 봤지만 그건 악기를 위한 통역일 뿐이다

아기를 위해 불었던 오카리나는 도도도도도미솔솔미도솔솔미 솔솔미 도도도 흥얼거렸지만

이건 파도로 오는 방향이지 수평선으로 가는 방향이 아니라는

소리를 들었다 오고 가는 소리 속에서 잠이 들었다

용꿈을 꾸고 싶다

* 구룡포.

유리 밖에

유리에 입김을 불어넣는 아이가 있다 유리 밖을 모르는 아이다 뻔히 밖이 보이는데 안을 본다 유리를 본다 유리에서 점점 줄어드는 북극 빙하를 살리기 위한 인공호흡이 계속되고 나는 그 아이를 보기 위해 길 한가운데 멈춰 서 있는 사람 가던 길을 가지 않는 사람 지나가던 사람들은 늘 그런 사람을 바라본다 아이는 저래도 되고 그래서 아무도 아이를 바라보지 않는다

아이는 계속한다, 언제쯤 아이는 그만둘까 인공호흡은 내 힘으로 남을 살리는 일이 아니라 남의 힘으로 나를 살리는 일이라고 적고 있는 동안 아이는 유리에 남은 얼마 안 남은 빙하 위에 글씨를 쓴다 글씨가 흘러내리고 있다 피도 아니고 눈물도 아니면서 그들의 방식으로 흘러내리고 있다

허공에서는 흰 것이 귀하지 흰 물감 덧칠은 캔버스의 폐활량을 늘어나게 한다 풍선과 폐처럼 오래 호흡을 맞춘 사이처럼 아이는 유리에게 얼마나 많은 호흡을 주었을까, 임종 직전에 그토록 수많았던 낭비를 기억할까, 물속에서 방울방울 올라가는 숨을 아껴 가면서 그때는 왜 그랬을까 후회할까 그러나

보험사에서 '올해부터 안경다리를 신체로 취급한다'는 고지서가 날아왔을 때 거기에 적혀 있는 부연 설명 — 안경은 겨울이 낳은 두 개의 알처럼 따뜻한 곳에서 하얘진다, 조금만 참으면 세상이 보일 것이다, 무엇보다 분명하게 누구보다 선명하게

아이는 유리를 유리는 아이를 허공과 허공을 마주하게 하는 저 국경선을 타 넘어 밀입국하는 글씨가 끝내 흘리는 저 투명한 물줄기를 그들의 운명이 엄마의 손에 붙잡혀 나가는 순간부터 갈라지고 사라지고 다시는 만나지 못할 것임을 바라보며 나는 왜 이렇게 떨고 있을까 아이가 계속하던 것을 내가 계속하기 위해 나는 '까사 플라워 마켓'이라고 적혀 있는 그 가게의 내부로 들어갔다 이미 다 사라져 버린 빙하 위 북극곰처럼 느리고 둔한 몸짓으로

붕어빵 고딕체

붕어빵은 단순 반복되는 일상이며 사람의 손과 함께하지
그림자와 그림자 사이에서 육체가 완성되었다

액체에서 고체에 가까운 것이 되기까지 뒤집힘 불의 감촉을 느낌
모든 내가 네가 되고 있어 무슨 소리야 우리는 원래 한 몸이었어 빛나는 주전자 속에서 영원불멸할 것처럼

한 바퀴 돌고 그림자를 떼어 내자
넌 머리부터 먹니? 난 꼬리부터 먹어 가장 바삭한 데부터
마지막까지 생각이란 걸 할 수 있게

호두 속에 있는 게 멀쩡한 뇌 모양으로 나와서 제정신을 보존할 수 있게 사람의 속에만 존재해야 하는 생각이란 게 있다
세 개에 1000원 흰 봉지에 담으면 기름 냄새가 나고 김이 나고 컴컴한 앙금이 피부 밖으로 비치는 육체는 시체

이상으로 살아 있다 가져가면 사람들이 좋아해 주지
제사상에 생선 대신 붕어빵을 올려 두는 집안도 있다고 한다
진심으로 믿고 있구나
제사를 지낼 때마다 열어 놓은 문의 인공호흡을

인공위성이 몇 바퀴를 돌았는지 헤아리지 못하는 것은 제 힘으로 도는 게 아니어서 악몽과 수면제가 한통속인 줄도 모르고 세계에 얼마나 많은 인구가 있는 줄도 모르고
도는 힘

그림자 속에 들어갔다 나오는 게 좋아서
함부로 말하는 사람이 되었다
그들의 속을 헤아릴 줄 모르면서 함부로 어두운 척했다
입만 벌렸다 하면 뜨거운 기운을 품은 자들이 바깥으로 나왔다

아무도 쉬라고 하지 않았다

she라고 한다 쉬라고 하지 않았다
she she she는 한 남자의 입에서 반복되는 백색소음이다

아기는 잠이 든다 섬집 아기라는 동요 꽤 무섭지 않아?
아기가 혼자 남아 집을 보다가 바다가 들려주는 자장 노래에 자장자장자장
방부제는 몇 장의 김을 덮고 있어야 방부제일까?
혼자는 버려지는 세상에서
남자의 she she she는 사람을 악몽 속으로 밀어넣는 행위일지도 몰라

다른 방법이 있어 빗소리
싱크대 물을 틀었다 물이 흘러나왔다 물이 바닥에 닿으며 낭비도 과장도 없이 물이 물과 함께 섞이고 물이 물을 때리고 물이 물이 물이 물이 아기의 눈을 감게 하는
팔 흔들림 속에서 곰 세 마리를 불렀다
작자 미상이다 작자 미상의 음악에는 부모가 없은 거라는 거

음악은 손끝에서 자살하는 음의 총합
눈을 질끈 감고 다음에 올 음을 위해 이기적 유전자로 인해
뛰어내리듯이 레에서 파로 솔로
높이가 다른 곳에서 죽는 게 빗소리의 숙명이라면 아름답기라도 하자

정부는 우산 색이 겹치지 않게 쓰는 법을 제정하라!
겹치는 자들끼리는 5분간 마주 보며 서 있기 그러다가 사랑할 수도 있다
결혼할 수도 있다 아기를 낳고 아기가 잠들지 않을 때 she she she she she가 입에서 자동으로 나오는 인생을 단지 우산의 색 그날 우리가 초록이어서
파랑이어서 보라여서 빨강이어서 마주 보며 사랑할 수밖에 없는 눈빛이어서
그래 우리는 그래서 우리
포도 한 송이가 전생에 검은 복면을 쓰고 모의하는 집단이었다는 사실을 아니? 빨강이 부족한 사과가 햇빛과 낯을 가렸다는 거 볼 수 있는 건 다 바깥이었다는 거

내면이 얼마나 물러터졌는지
내면이 얼마나 노랑인지
모르고 한다 모르고 산다 모르고 죽는다 몰라서 좋아
모르고 한다 모르고 산다 모르고 죽는다 몰라서 좋아

어디에 가서 살다가 스무 살은 더 먹고 돌아온 10대 때 불렀던 노래가 여전히 변성기가 지나지 않았다는 사실이 입 밖으로 나온 수많은 she들을 놀라게 했다

이제 그만 눕히자 잠들었어

조용히 안방 문을 닫고 거실에 나와 밥을 김에 싸 먹으면서 '김은 어둡고 인간적인 면이다 한국에 가장 많다'라고 적었다 조금 전까지 입에 붙어 있던 she가 아기 옆으로 갔다

자막과 입을 맞추는 영혼

그리워 내게 다가올 너를 얼굴도 없는 그대
그리워 나를 감아 막연한 나를 감아
불안한 나를 감아 막연한 나를 감아 너무 그리워
— 이소라, 「쓸쓸」

듣는데 이 부분이 좋았다
영혼을 옮기고 싶었다

지하도에 얻은 작업실에서 불을 있는 대로 다 켜 놓고 이어폰으로 들었다
사람들의 발소리가 이소라의 목소리와 함께 울려 퍼졌다
원래는 '사과 상자 속 염색 병아리'라는 글씨로부터 슬프고 깊고 축축한 눈빛으로
하고 싶었던 말이 있었는데

너는 전화를 받지 않았다
그립지 않은데 그리워, 그리워 자꾸만 노래가 강조하는 게 내 마음이 되었다
음악의 요절은 늘 듣는 사람의 몫이요
통화 중에는 나도 모를 선들이 휘어지고 꺾이고 헝클어

지는 현악기가 되었다
　떨림을 잃을 때만 보이는 것들이
　가끔은 피도 눈물도 없는 사람이 되었다

　그럴 때는 막연한, 날 감아, 그리워, 불안한, 말도 없고, 생각도 없고
　음악과 함께하는 세계는 고구마처럼 어둠을 견디다가 생긴 하나의 몸짓이 몸이 되어 빛에 의해 밝혀지는 일 이게 너의 사주팔자다
　먹히는 일, 흙 밖에서는 날 감을 게 하나도 없어 어둠이 없어
　흙 밖의 콩은 쭈글쭈글 애늙은이 노화

　지하도에 트로트가 다 울리게 틀어 놓고 걷는 사람이 있다 그 트로트가 이소라의 감정과 융화될 수 있을까? 지나가기를 멀어지기를 어서 제 갈 길을 가기를
　바라고 있는지도 몰라, 너 역시
　전화로 연결될 수 없는 죽음의 영역에서
　트로트도 오케스트라도 이소라도 누벨바그도 달력 속

의 붉은 글씨도 없는 데서
'연결이 되지 않아 소리샘으로 연결'이라는 여성의 목소리처럼 차분해져 버렸는지 몰라

이어폰을 빼자
풍경이 내게로 밀려들었다

겨울

…… 북극 한파로 인한 동파…… 밤에도 온수를 조금씩 틀어 놓으시고

…… 세탁기 사용 시 아랫집 물 넘침 우려가 있으니

기침을 참으며 다시 한번 방송한 경비실의 안내 중에서도 이 말이 남았다

흰 똥이 묻은 후드티를 빨아야 하는데 할 수 없다

흰 것에 대해 매일 생각하던 중이었다 「백지(白紙)와 마주하기」라는 비평을

준비하던 중이었다, 우연은 여기서

아랫집까지 연결되어 있다

허공에 오래 머문 새일수록 흰 똥을 누는 걸까? 겨울에도 떠나지 않고 여기를 견디고 있구나 방충망을 닫고 창을 닫아도 들어오려는 바람 속에서 날고 있겠지

세탁기 속에 있던 옷들 중 여름 티셔츠는 반팔인 채로 체 게바라를 기억하고 김칫국물을 기억한다 전원을 누르고 동작을 누르면 세탁 — 헹굼 — 탈수의 순서로 빛이

들어온다

　입을 게 없어서 입었던 것을 입는다

자막과 입을 맞추는 영혼

2019년 2월 7일

셔터를 누르면 빛이 나는 게 좋았다

손가락 하나면 된다 손가락 하나로 사람도 가리키고 손가락 둘로 V자를 하고

온 손바닥이 노랗게 변하도록 유동화 끈을 묶었다

나비 매듭이 좋지 않아?

달릴 때마다 팔랑팔랑 날개가 흔들리다가 제 선을 잃

고 풀리는 순간에
　잠깐 절뚝거리다가 이내 무릎을 굽히고 등을 굽히고
　앉는 자세는 묘비처럼

　많은 구절이 어두운 피의 동아리를 형성하는 순간이지
부항을 뜬 사람의 등에 갈 곳을 잃은 소행성들이 떠 있다
그곳에 잠시 머무르는 난민의 낯빛이다
　그걸 어떻게 알지? 봤으니까

　그들을 찍는 것은 범죄행위라고 믿었는데 보는 것은
　파리의 도로변에 망연자실 앉아 있던 한 가족과 큼직
한 배낭 그보다 더 무서운 건
　그들의 이후를 모른다는 거였다

　보들레르 묘비의 수많은 립스틱 자국이 벌어진 입을 다
물지 못하는 연유
　나는 그 앞에서 '색이 금지된 나라'라는 제목의 동화를
구상했다 1000원을 꺼내고 돌을 얹어 두었다 다음 날이
출국이었다 거기에 『흰 글씨로 쓰는 것』을 두고 왔다면 누

가 가져갔을까? 한국인이 아닌 사람이 가져간다면…… 할 말이 이렇게 많은데

입을 벌리고

입을 벌리고

입을 벌리고

입을 벌리고

멍하니 있었던 시간: 밤의 날벌레가 빛 근처를 맴도는 것은 음 이탈

아름다움과 죽음의 차이가 없는 밤

바보들아, 바보들아 그러다가 아침이 온다고, 어마어마한 빛이 온다고

온 세계가 다 밝혀질 거라고

사진 좀 찍어 주시겠어요? 보들레르의 영혼이 말을 걸었을 때 어둠 말고 허락을 구했어야 했다 혹시 당신의 묘비 사진을 시에 넣는 것이 범죄일까요?

넌, 마음이 약해 빠졌어

자막과 입을 맞추는 영혼

너를 무음으로 해 놓았다
영혼이 1도 없는 문장 앞에서 수신 확인을 기다리는
사람의 눈처럼 소리내지 않고 오는 것

공중전화가 사라지는 수와 자살하는 수가 같다는 것을 수학 문제로 내면 어떨까?
천연기념물을 발견한 사람처럼 그 안에서
통화를 하는 사람들은 외국인이었다 내게는 다 무음이었다
그들의 절절한, 가슴 아픈, 명랑한, 행복한, 낯선 나라가 전부 내겐 입 모양이었다

....

모래시계 속의 모래를 헤아릴 수 없듯이 사람을 헤아리는 것은 불가능하다
모래시계의 문제일까?
피가 머리로 몰리는 박쥐 자세로 매달려 있으면 위와 아래를 모르겠다, 남과 북을 모르겠다 — 히키코모리는 자기가 얼마나 많은 줄도 모르겠다

그래서 마음이 자꾸 아래로 흐름
연락이 쌓임
눈처럼 쌓임

영혼을 팔아서라도 소리를 내고 싶은 눈송이가 사람의 발에 더럽혀질 때 제가 다친 자리가 전부 소리인 줄을 알게 되었다 연락 좀 해 어떻게 살고 있니? 그런 소리인 줄 알게 되었다

1이 사라진 줄도 모르고 살겠지
무심하게 쓴 0들이 점점 지구의 형태가 되었으면 좋겠다
사람이 살 수 있는 행성이 되었으면 좋겠다
오른쪽에서 왼쪽으로 한 바퀴 한 바퀴 끊임없이 돌리고 돌리고 싶은 완성의 반복
그 안에 갇히지 않았으면 좋겠다
이런 데서 어떻게 살아, 밖으로 나와 밖에 뭐가 있는데 사람들이 있잖아
사람의 눈 끊임없는 사람의 눈 제가 무엇을 보면서 어떻게 드러나는지도 모르는 사람의 눈이 있잖아 사람이 사

람을 안 보고 살 수는 없는 거잖아

입 벌리고 사는 자의 말하기란 부족한 데가 있어
칫솔질이 매일 너의 입을 벌리겠지 눈을 붉히는 힘을 가졌으니
겨울에도 해는 떠 눈이 시리도록 먼 하늘에서 해가 달의 상태가 되는 증상이라도
눈이 부셔도 감지 않는 법을 익히는 중이었다

목요일

— 눈빛은 빈 자리

화분에 물 주지 마세요
나무가 죽어요

화장실 입구에 있는 문장이었고 아래에 내 키보다 작은 나무가 있었다
물만 홀로 다른 글씨체이고 붉은색이었다

눈에 잘 띄었으면 좋겠다는 그 마음을 알아서 아무것도 하지 않았다
동정이나 연민이나 호의가 물처럼 고딕체였고 빨강이어서 눈에 잘 띄는 악이어서
나는 점 하나만 찍어도
변경 사항을 저장할까요? 라고 묻는 메모-기계처럼
섬세해진 모양이다

발음도 안 되는 묵음 e를 압수수색하는 일이나 그림자가 유난히 짙은 것을 유전병으로 알고 그린 사람들을 죄다 붙잡아 시인으로 만들어 버리는 일 같은 게 비일비재
다른 시에 썼던 말을 또 썼는지 검색하는 일도 비일비재

옥타비오 파스는 계속 품절이고
중고가가 악질이었던 『반딧불의 잔존』이 다시 나오기 시작했고
나무는 계절이 지나도 죽지 않았다

통화 중에 나도 모르는 선을 끊임없이 헝클어뜨리거나 저 사람이 하는 말과 내가 하는 말을 마음만큼 받아 적거나 그 위에 엑스를 쓰거나 동그라미를 치거나 소규모 피라미드를 쌓는
펜을 쥔
사람의 손을 갖고 싶다

매일 마주하는 저 문장 앞에서 낯을 가리는 사람의 얼굴을 갖고 싶다

문

달에서는 어떤 상태로 살까?

이백(李白)이 붓 끝을 들자 가늘어지는 글씨체가 세상을 떠나려고 했다

당(唐)의 시인들은 무중력을 그런 식으로 이해했다

"물속에 비친 달을 잡으려다가 익사를 했다는 이야기가 있던데."

"술잔에 비친 달이 더 잡기 쉬웠을 텐데."

이백의 시는 술처럼 흘러나와서 젖었다가 마른 자리 — 그게 주인도 없는 그림자가 될 때가 있었지 — 그림자가 취한 모양을 보고 싶어 이백의 시를 읽을 즈음

시인의 말을 써야 한다는 연락을 받았다

1 몇몇 사람을 무음으로 해 놓았다 바깥에 눈이 많이 왔지만 한참 동안 무음이었다

2 아이누인들은 해와 달을 모두 춥이라고 부른다

3 소리가 날 때까지 썼다 혼자 듣기엔 좋았다

4 러시아어море는 바다를 뜻한다, 모래와 모레와 모례 사이에서 나를 잃을 때까지 발음한다

5 인체에 무해하나 먹지 마세요

시인의 말 후보들은 왜 제게 힘을 주고 있을까?
떠오를지도 몰라서 그래 얼마 안 되는 중력 때문에
걷다 보면 떠오를지도 몰라
밤에 산책을 하다 보면 떠오르는 게 많다
금목서 가지, 검은 장우산, 새벽 4시의 시곗바늘, 시로 쓰고 싶은 지역감정 — 수족냉증이 심한 몸이
마음만 급해서 달려가게 된다, 집으로 갔니?
응, 집으로 갔어 땀과 비에 젖은 몸을 씻고 자리에 앉으면 그들은 전부 유령처럼
사라졌어 사라졌어?

혼잣말을 둘이서 하는 것은 손을 자주 바꿔 우산을 드는 일과 같았다

왼손과 오른손 중에 한쪽만 사랑하는 일은 빗소리와 같은 혈관을 쓰는 것처럼
한 손으로 우산의 손잡이를 꼭 쥐는 일이었다

바람이 많이 불면 내 몸까지 떠오를지도 모를 일이었다
그런 일을 하라는 연락을 받았다

사슴 탈

사슴 탈을 쓰고 춤을 추면 흩어지는 전생의 기억을 붙들 수 있어 한 어린이가 탈을 썼다 출 수 있겠니 바람이 부는 대로 바람에 가까워지고 있는데

나는 그 장면을 볼 때마다 볼륨을 0으로 줄였다, 마우스 커서의 휠을 아래로 돌리면 쉽게 사라지는 소리 묘비에 두는 꽃이 시들어도 계속 새 꽃을 두는 마음은 그대로라서 나는 이 세상을 계속 다시 보고 있다 반복되고 재생되고 눈 속의 여정은 계속되고 얼어붙은 저 발을 품에 넣고 싶은 마음까지 다 0으로 줄었을 때

나는 처음으로 당신을 위해 꽃을 살 마음을 먹었다
인정하기로 했다
꽃병에 꽂아 두자 물에서 냄새가 났다 이제 당신이 여기 없는데
그것만 인정하기로 했다
이 세상에 사슴 탈을 쓰고 걷는 사람이 얼마나 많은지 몰라 겁이 났다

시작 노트

시작하고, 맺고, 다시 시작하는

눈에 자꾸 밟히는 것들이 있다: 눈에 밟히면 어떤 느낌일까?

비스듬히 일으켜 세운 펜, 초가을의 햇빛, 흰머리오목눈이의 무게를 가늠해 보는 손, 사랑하는 이의 양치질 소리, 6층에서 내려다보는 목련 나무, 봄비와 비닐우산의 결혼식, 동향의 창에서 홀로 빛나는 별, 눌변의 이탈리아어와 뒤처진 자막, 하이픈, 어린이들의 목소리, 아침 이슬

슬픔

슬하의 사랑

슬슬 시를 쓰고 싶은 마음이 쓸쓸해져서

미역국을 먹는다.

미역국은 한 사람이 태어났음을 축하하는 나라다.

다시 태어나는 기분으로, 태어났다는 사실만으로 축복받는 기분으로

시작하고 맺고 다시 시작한다.

지은이 김준현

2013년《서울신문》신춘문예(시), 2015년《창비 어린이》
신인상(동시), 2020년《현대시》신인추천작품상(문학평론)으로
작품 활동을 시작했다. 시집『흰 글씨로 쓰는 것』, 동시집『나는
법』『토마토 기준』, 청소년 시집『세상이 연해질 때까지 비가 왔으면
좋겠어』가 있다.

자막과 입을 맞추는 영혼

1판 1쇄 찍음 2022년 9월 23일
1판 1쇄 펴냄 2022년 10월 7일

지은이 김준현
발행인 박근섭, 박상준
펴낸곳 (주)민음사

출판등록 1966. 5. 19. (제16-490호)
서울특별시 강남구 도산대로1길 62(신사동)
강남출판문화센터 5층 (06027)
대표전화 02-515-2000 / 팩시밀리 02-515-2007
www.minumsa.com

ISBN 978-89-374-0922-6
978-89-374-0802-1 (세트)

* 잘못 만들어진 책은 구입처에서 교환해 드립니다.
* KOMCA 승인필.

민음의 시

민음의 시
목록

226 빛이 아닌 결론을 찢는 안미린
227 북촌 신달자
228 감은 눈이 내 얼굴을 안태운
229 눈먼 자의 동쪽 오정국
230 혜성의 냄새 문혜진
231 파도의 새로운 양상 김미령
232 흰 글씨로 쓰는 것 김준현
233 내가 훔친 기적 강지혜
234 흰 꽃 만지는 시간 이기철
235 북양항로 오세영
236 구멍만 남은 도넛 조민
237 반지하 앨리스 신현림
238 나는 벽에 붙어 잤다 최지인
239 표류하는 흑발 김이듬
240 탐험과 소년과 계절의 서 안웅선
241 소리 책력冊曆 김정환
242 책기둥 문보영
243 황홀 허형만
244 조이와의 키스 배수연
245 작가의 사랑 문정희
246 정원사를 바로 아세요 정지우
247 사람은 모두 울고 난 얼굴 이상협
248 내가 사랑하는 나의 새 인간 김복희
249 로라와 로라 심지아
250 타이피스트 김이강
251 목화, 어두운 마음의 깊이 이응준
252 백야의 소문으로 영원히 양안다
253 캣콜링 이소호
254 60조각의 비가 이선영
255 우리가 훔친 것들이 만발한다 최문자
256 사람을 사랑해도 될까 손미
257 사과 얼마예요 조정인
258 눈 속의 구조대 장정일
259 아무는 밤 김안
260 사랑과 교육 송승언
261 밤이 계속될 거야 신동옥
262 간절함 신달자
263 양방향 김유림
264 어디서부터 오는 비인가요 윤의섭
265 나를 참으면 다만 내가 되는 걸까 김성대
266 이해할 차례이다 권박
267 7초간의 포옹 신현림
268 밤과 꿈의 뉘앙스 박은정
269 디자인하우스 센텐스 함기석
270 진짜 같은 마음 이서하
271 숲의 소실점을 향해 양안다
272 아가씨와 빵 심민아
273 한 사람의 불확실 오은경
274 우리의 초능력은 우는 일이 전부라고 생각해 윤종욱
275 작가의 탄생 유진목
276 방금 기이한 새소리를 들었다 김지녀
277 감히 슬프지 않을 수 있겠습니까? 여태천
278 내 몸을 입으시겠어요? 조명
279 그 웃음을 나도 좋아해 이기리
280 중세를 적다 홍일표
281 우리가 동시에 여기 있다는 소문 김미령
282 써칭 포 캔디맨 송기영
283 재와 사랑의 미래 김연덕
284 완벽한 개업 축하 시 강보원
285 백지에게 김언
286 재의 얼굴로 지나가다 오정국
287 커다란 하양으로 강정
288 여름 상설 공연 박은지
289 좋아하는 것들을 죽여 가면서 임정민
290 줄무늬 비닐 커튼 채호기
291 영원 아래서 잠시 이기철
292 다만 보라를 듣다 강기원
293 라흐 뒤 프루콩 드 네주 말하자면 눈송이의 예술 박정대
294 나랑 하고 시픈게 뭐에여? 최재원
295 해바라기밭의 리토르넬로 최문자
296 꿈을 꾸지 않기로 했고 그렇게 되었다 권민경
297 이건 우리만의 비밀이지? 강지혜
298 몸과 마음을 산뜻하게 정재율
299 오늘은 좀 추운 사랑도 좋아 문정희
300 눈 내리는 체육관 조혜은
301 가벼운 선물 조해주
302 자막과 입을 맞추는 영혼 김준현